ふらんす堂

石田郷子句集

草の王

Ishida Kyoko
KUSANOOU

目次

Ⅰ　5
Ⅱ　10
Ⅲ　37
Ⅳ　70
Ⅴ　108
Ⅵ　147
あとがき　185

句集　草の王

I

四万六千日人混みにまぎれねば

濡れてゆく鬼灯市の人影も
まみえけり青水無月のなきがらに

寝冷せし手足を伸ばす父亡き朝

叔母とゐてひとつの蟬を聞き澄ます

柩出づ百日紅は花こぼし

弟と別るる夜の草いきれ

しづかなることに驚く合歓の花

Ⅱ

みみなぐさ目覚めよき人ここへ来よ

新しき館長さんや百千鳥

日輪や柳の糸を手に受けて

糸車まはしてみたき雛の頃
忘れ潮もつとも春を惜しむなり

東京の夜風にあひぬ夏祓
草に鳴くなんといふ虫夏深む

凌霄花の糸引くごとき残り花
髭振つてゐるこほろぎの怖ろしき

ふと眠きときの末枯ははき草

壮年や秋の素足をよろこびて

ざりがにの道に出てゐる野分あと

茸狩ひらりと山に入りけり

朝霧の過ぎて真赤な木の実かな

我が机銀漢の尾に据ゑてある

トースターちんと鳴つたる枯木かな

冬深き足音にして遠ざかり

浸しある杵に笹子の来てをりぬ

積み上げしもののかたへに冬籠

はづみ玉はづませてみて耳澄ます

「はづみ玉」は蛇の髭の実のこと

教会のやうな冬日を歩みをり

干布団けはしき顔にしまはるる

思はざるところにも雪つもりたる

吹雪いたり霽れたり春の刻々と
白椿なればしづかに歩み出づ

花かんば馬の額に星飛んで
かはたれの二階の窓や花すもも

朝市に春の白息あがりたる

ストックを売りストックのほか売らず

茎立のもの積まれある猫車
治聾酒といひてたつぷり注がれたる

壺焼にするすると日の入りにけり
皿の上に苺がふたつ朝のジャズ

薫風や誕生石のエメラルド

紫蘇の花こぼるる色を見せにけり

ねむくてねむくて虎杖の花の波

七夕の笹よりこぼれ青き蜘蛛

供花挿せばすぐに蜂来る残暑かな

朱の色を塗りつけてゐる在祭

豊年の男の髪を束ねけり

佳き男芒の筥を振りながら

芒原たちまち空の奈落にて
砂に手をおいてあたたか秋彼岸

自転車の三人乗りや雲の秋

芋の露大いに波の立ちゐたる

大波さん

文月の風にのりたる一羽かな

一瞬の夕日のつよし蘆の花

あたたかきところに佇ちて秋惜しむ

藁塚の坐る日数や冬に入る

落葉降る猫のあくびは牙見せて

水仙の小さなかほの犇めきぬ

折返し地点冬青草踏んで

Ⅲ

大寒のわが耳鳴りを聞き澄ます

臘梅にひと日のどこか照らさるる

春禽のこぼれつぐなり雪の上

笹の葉の飛び出してゐる忘れ雪

榛の花落ちたる雑魚の散りにけり

山茱萸や眼下に街のきらきらと

暁を灯ともす舟や初ざくら

ボンネット開けてをりたる花の下
目借どき港の湯屋に日の暮れて

田蛙の鈴振るころや旅終る

鳥の巣も厨もしんとしてゐたる

畔草のこもごも春を惜しみをり

山襞の一つ一つよ夏立ちぬ

麦秋や遠く姉様被りして

水に散りゐて六月の白き花

むんむんと雨の上がれる実梅かな

手の甲に蟻のひらりと乗り来たる

ためらひもなく落蟬を拾ひきし

燕去月ことごとく風の木々

くちづけて眠れる額や鳥渡る

冬に入る事務室にちと声かけて

その中の急ぐ一人となりて冬

あをあをと朝の来てゐる石蕗の花

かはせみのしばらく映る冬の水

冬の虹紫濃きと思ふのみ

一本の響いてゐたる枯柏

樫垣に風のたまりし蕪汁

ゆふぐれや落葉の中に水鳴つて

土塊の立ち上りたる冬日影

杉の香にしゅんしゅんと湯気クリスマス

炉辺ありて遠き日向の見えてをり

寒林に日の昇りくる無音かな

一月の海原といふ目を上ぐる

冬鷗尻をはしよりてとまりたる

早春や暁に火を見てあれば

木の股に軍手一双梅ひらく

梅を見に童女が父をしたがへて

いぬふぐり触れてたやすく花こぼす
まなぶたに雲雀の声の揚がるなり

人ごゑに春の襖の少し開く
花エリカ悼み心の突然に

ふいに照る藤の花房誕生日

木隠れにカヤック二艘つばくらめ

武具飾る躑躅祭のただなかに
朋友を鳴らぬ草笛もて迎ふ

軽鳧の子の貌ほのぼのと連ねゆく

軽鳧の子に餌をやる人を憎みをり

泉までさびしき人を連れてゆく

前世も淋しかりしと夏帽子

杉山のすらりすらりと蛍狩

明易の湯宿に大き忘れもの

蜘蛛の囲のかかればすぐに風の吹く

大風や金魚もつともひるがへり

八月や地を擦つてゆく蜂の脚

芋の露ゆらしゆらしてときめきぬ

雀蛤となりけりちゆと鳴いて
塩振つて飯かがやきぬ十三夜

錦秋の二階のこゑのよく笑ふ

隠れ住むごとくに熟柿食みつくす

すぐに目を閉ぢてしまひぬ雪の嶺

星空や牡蠣の大粒たべてきて

忘年や炎のやうな花を挿し

数へ日の机上の猫を抱き下ろす

燃えてゐる黒と思へり冬林檎

Ⅳ

雛の客猫の頭突きをくらひけり

あかあかと吊雛の揺れをさまりぬ

啓蟄の扉が開いて閉まりけり

あけがたの足音のやうな春の雨
芽柳をけふもはるけきものとして

このあたり水よく唄ふ花くわりん
めくるめく水のありけり赤楊の花

鈴蘭に日の降る音のしてをりぬ

白日の中と思へり罌粟の花

白髪を連ねてゆきぬ草の王

卯の花や突つ伏して髪ゆたかなる

更衣してすらすらと読めるもの

転居

夕河鹿セブンイレブンまで三里

雨の日の灯し頃のさくらんぼ

梅雨の宿杉に雨脚よく見えて

夕べより青水無月の眼なる
生きてゆくための沈黙かたつむり

木天蓼の花の形代散つてをり

大瑠璃のこゑに深入りしたること

あまりさんへ

星涼の獣が藪を歩く音

切口の月のやうなる走り諸

ひと泳ぎしてきし犬や草の花

笛方は中学生や在祭

舞ひ終へし獅子くづほるる在祭
獅子頭をさめて虫の夜となりぬ

望の夜のわが家とは薪ぎつしりと
轢かれたる狸の嵩の月夜かな

柿落つる音に眼をくわつと開く

年寄の覗いてをられ運動会

秋風や小石返せば蟹がゐて

揺れはじめ揺れをさめたる蕎麦の花

目瞑りて猫がものいふ秋黴雨

山雀のくるりくるりと末枯るる

石垣の上菊畑芋畑

紙漉の主も客も髭をとこ

万両や笑ひ上戸であらせられ

襖引く音に白波くづれけり

足出して怒られにけり春囲炉裏

水つかふ音いつまでも梅の花

仰ぎゆくニレ科ムクノキ春浅し

傾ぎつつ来たる車や犬ふぐり

なかなかにバスとばしたり木の芽時

あたたかき砂あたたかき石名栗川

猫のつて膝ありにけり朧の夜

だんだんにみな横顔になる桜

いつまでもいつまでも谷渡りして
茶畑のひといろに春深むかな

この峡は隠れ茶処ほととぎす
百年の涼しき門をくぐりけり

老鶯にことごとく開け放ちたる
すれ違ふ人に顔なきごとく夏

てのひらに昨夜の蛍をよびにけり

ほうたるのぐいと曲りてきし一つ

草取の人の大きく立ちあがる

人来ては涼しさをいふ上り端

とことはにラムネの瓶の厚きこと

杉山のけぶつてゐたる網戸かな

すててこにしては遠出をしてゐたる

二人住み二本の秋の蠅叩

古家に電話が鳴つて稲の秋

杉山に湧きつぐごとし蜩は

子どもらが徒渡りせり盆の川

底紅の下を猪吹きしあと

猪道の突き当たりたる桃畑

コスモスの中に雀のあらそへる

冬近し刈りこみ強き茶畑も

幼子のすとんと坐る栗落葉

観世音冬滝のごと立ちたまひ

樟の中を冬日がとほりけり

連ね来るヘッドライトや暮早し

大臼を運び入れたる冬景色

玻璃にゐる椿象と冬籠せむ
愛猫のとぶむささびのやうにとぶ

撃たれたる鹿を悼みぬ年の果

V

若水を夫汲みくれよ星あかり

金銀の徽出て鏡開きかな

金縷梅は幣のごとしや汝が手折り

裏山に鳶の上がりぬ雛の家

雛の菓子とりどりどれも軽きこと

硯海にふとさざなみや春灯

桶二つ伏せて三椏咲きにけり

梅散るや撫づるがごとき畑仕事

酒焼の人の畑打すぐをはる

嫋嫋と一輪草にかがみをり

田螺鳴くころの机を並べをり

黙といふあたたかきもの燕くる

震災

鳴動の山々杉の花真つ赤

如月のゆゑなき列に並びたる

雀らにつねのいとなみ花馬酔木

祈るごと悼むごと亀鳴くものぞ

はこべらの冷たさに手を置きにけり

家々に躑躅照りをりふるさとは
茶摘唄きこゆるはずのなけれども

二番茶は摘まぬならひや時鳥

六月の朝餐に聴くジョン・レノン

黒南風に盛り塩のよくしまりたる
塩撒いておけばよきこと六月尽

家ぬちのまつくらなりし沙羅の花
花合歓の下に車のドアひらく

打水にくるりとのりぬ鳥の羽

夕顔のひらけば猫の起きてくる

夏川に入りゆく髪を束ねつつ
川底のぬくきを踏める晩夏かな

昨夜の月大きかりしと破れ芭蕉

銀継の茶碗を置けば鹿の鳴く

ふと開きふと閉ぢにけり秋扇

日面の坐り働き峡の冬

切干のまだ昼月の白さかな

つぎつぎに時雨忌の傘たたみ入る

冬木とはかくまで吾を歩まする

漣のぎらぎらとして冬木の芽

君が来て古障子よくすべること
冬深しつとめてといふ言の葉に

雪折のしづかに雫してゐたる

大杉を恃みぬ人も寒禽も

早春のひとごゑに似て水こだま

春月のゆらりと雪に濡れてあり

下名栗字芋浦見蕗の花

すかんぽや尻上りなる在ことば

伊予柑を剝くとき痛し腱鞘炎

オーブンを大きく据ゑて花の雨

鳴くといふ田螺をとつてくれにけり

蜷の道蝌蚪の紐見て昼の飯

漣の田面の果の遠柳

夕空は厚きビードロ初蛙

春風や淵の色せる陶のもの

堅香子の色にじみたる林かな

誰もみな熱きてのひら樟若葉

燦々と目白のこゑや乳母車

長靴をすらりと履いて早苗時

卯の花に漆黒の蝶とまりけり

山の水引いてしづかなハンモック

行水といふもはるけきものとして

なまぬるき風に開きて白日傘
秋に入る木の間がくれに人の来て

山車庫に賽銭箱やゐのこ草

秋風やいたく老いたる氏子衆

万灯のごとく枝垂れて萩の紅

このごろの首手ぬぐひや赤とんぼ

秋雷の改札口を出でにけり

川波のゆるりゆるりと曼珠沙華

自転車の迎へにきたる野菊かな

食んでゐる影のさびしき冬隣

湖に大き波くる冬支度

梅の木から桃の木へゆく冬の鳥

真つ白に砂糖まぶされ十二月

おみかんと言ひて置きたる辞書の上

振り向けば日のあたる家年惜しむ

罅一つ深く大きく鏡餅

まなかひに大いなるべし冬の星

Ⅵ

陽春の雀があげし雪煙

赤飯を包む風呂敷春浅し

御僧や雪解の風のごとく過ぎ

鉄瓶の蓋ずらしある雛の家

芽吹山眼鏡かけたりはづしたり

春寒し引き戸あくるに腰入れて

鳩の鼻ふつくら白し水温む

目借時人とほすたび椅子引いて
藤の房くぐりて遠くなりしもの

花束を映すテーブル夏はじめ
アカシアの花食べて声よくなりぬ

締め込みし螺子のごとくに柿の花

伊賀人になんぼでも散る樫落葉

次の間に武具飾りたる昼餉かな

梟のふふと鳴きたる南風

三伏の雀が鳴いてあがる雨

みづえ先生御墓前

一同の浴びたる青葉時雨にて

少年の投げつけしもの蟬の殼

朝々の草引くころとなりにけり

いつまでも麦藁帽のにこにこと
扇など見てゐて少し遅れたる

風鈴や饂飩の腰を褒めをれば
青空のうすくなりたる網戸かな

秋の蜘蛛杉山に威を張りにけり

秋茱萸を食めば果して渋きこと

山男紫苑の丈を眩しみぬ
藤の実の雨垂れいくつ坂の道

横ざまに魚の流るる野紺菊

柴栗のひろびろ落ちてなぞへ畑

足元のこれも露けき鹿の糞
いただきてすぐ爪立つる青みかん

お茶席へ南天の実をくぐりたる
襖絵に滅びゆくものの朱も金も

凩や古布に棲む蝶や鳥

忘られて切干のよく反りかへる

岩松の畳々として初時雨

雪囲丸太囲ひでありにけり

懸菜して朝の日に影をどりたる
短日や人来るたびのさざめきも

時折はもらひ湯にゆく冬ごもり

蛾を食べて小玉鼠も冬ごもり

振りかぶる星空のあり年の果

かへりみて冷たき空のありにけり

ふつつりと止る足音冬の梅

なにはびと吉野びとくる遅日かな

つまづきて猫も年取る雲雀東風

杉山の暗きに花の吹雪きをり

桜蘂降りてたちまち古びけり

石垣の古りに古りたる照躑躅

木漏れ日やケーキに傾ぎたる苺

テーブルの一つあきたる青葉冷

しどなるグラスが置かれ夏至の頃
ほの暗きところ混み合ふ緑雨かな

つばくらの子とおかつぱの女の子

くるぶしの清々しくて草いちご

木漏れ日は踏むもの夏の落葉して

川中に人立ちてをる卯月かな

木天蓼の花たうたうと水落ちて
蟻蠓を払ふてのひら下りてくる

時鳥木霊を連れてゐるごとし

耳底に河鹿のこゑの棲みつきぬ

沈黙も梅雨も深くて谷の家

格子戸のむかうしぶける額の花

十薬を干す執念は持ちあはす

そのへんのぼんやりとして蚊遣香

はつあきを当てずつぽうに歩き出す

秋風やおそろしきほど人並び

笹竹のみづみづしさや盆の棚

僧坊に干物高し秋桜

無花果を割れば曙色の刻

冬ざれの庭に向かひし箸づかひ

昼酒の七勺ほどや枯木立

眠りたきときは眠りて一冬木

狼のたどる稜線かもしれぬ

あとがき

「木語」終刊、父の死、そして「椋」創刊という、忘れることの出来ない年から、もう十一年。ようやく句集をまとめることができました。

その間、一人と一匹のパートナーに出会い、東京・立川から、奥武蔵・旧名栗村へ転居しました。

句集名の「草の王」は、春に咲くケシ科の野草で、名栗でもよく見かける黄色い花です。

毎朝のように霧に覆われ、野生の動物たちの気配が濃厚なこの谷間の地で、これからも椋の人たちとともに俳句を作ってゆきたいと思います。

二〇一五年　卯の花月

山雀亭にて　石田郷子

著者略歴

石田郷子（いしだ・きょうこ）

1958年　東京生まれ
1986年　「木語」入会、山田みづえに師事
1997年　第一句集『秋の顔』にて第20回俳人協会新人賞受賞
2004年　「木語」終刊にともない、「椋」を創刊
句集に『秋の顔』『木の名前』（ふらんす堂）、著書に『名句即訳蕪村』『名句即訳芭蕉』（ぴあ）『今日も俳句日和』（角川学芸出版）『季節と出合う　俳句七十二候』（NHK出版）、編著に『俳句・季語入門』全五巻（国土社）など
「椋」代表、「星の木」所属、俳人協会会員、日本文藝家協会会員

現住所　〒357-0112　埼玉県飯能市下名栗745-5

ふらんす堂俳句叢書

句集　草の王　くさのおう　椋叢書18

二〇一五年九月一〇日　第一刷

定価＝本体二七〇〇円＋税

●著者――石田郷子

●発行者――山岡喜美子

●発行所――ふらんす堂

〒一八二―〇〇〇二東京都調布市仙川町一―一五―三八―二F

TEL　〇三・三三二六・九〇六一　FAX　〇三・三三二六・六九一九

ホームページ　http://furansudo.com/　E-mail　info@furansudo.com

●装幀――和　兎

●印刷――株式会社トーヨー社

●製本――株式会社新広社

落丁・乱丁本はお取替えいたします。

ISBN978-4-7814-0776-0 C0092　¥2700E